LE TROCHEUR

DE

MARIS,

FARCE NOUUELLE A .IV. PERSONNAIGES.

C'eſt a ſcauoir :

Le Trocheur,
La premiere Femme,
La deuxieme Femme,
Et la troiſieme Femme.

Se vend place du Louure,
Chez Techener, libraire.

Paris, Maulde et Renou, Imprimeurs, rue Bailleul, 9 et 11.

Le Trocheur

DE

Maris,

FARCE NOUUELLE A .IV. PERSONNAIGES.

Le Trocheur commence.

Qui vouldra scauoir mon metier ?
Ie suys trocheur prompt & habille,
Nouueau venu en ce quartier.
Qui vouldra scauoir mon metier ?
Mon engin eft sain & entier ;
Ma sience n'oft poinct labille,
Qui vouldra scauoir mon metier ?
Ie suys trocheur prompt & habille.
Ne parles plus de la dandrille,
Du flageolet de sainct Vuandrille,
De Genin qui de tout se melle,
De l'ayfne de Caulx qui se melle

D'aprendre a faire des enfans,
Ny des clers subtis & scauans ;
Car ie suys un homme parfaict.
Autant par dict comme par faict
Ie faictz changer, ie faictz trocher,
Et sy ne coufte poinct trop cher,
Un mary fol & sotonart
En un mary frifque & gaillart ;
Un mary teftu & genin
A un mary doulx & benin ;
Un mary sot & mal a dextre
A un mary bon a cognoiftre ;
Un mary mal endoctrine
A un mary bien afine ;
Un mary yurongne ou lourdoys
A un bon mary, toutefois
Et pourtant que ie le puys faire.
Femmes ont de moy bien a faire,
En ce pays, comme i'entens ;
Pourquoy icy ie les atens
Pour aleger leurs fantafies.

La premiere Commere.

Ma commere, Dieu vous benye.

La deuxieme Commere.

Vous, soyes la tres bien venue.

La troisieme Commere.

Ie vous ay presque descongnue,
Quant ie vous ay veue en ce poinct.

        La premiere.

Ma commere, Dieu vous benye.

        La deuxieme.

Vous, soyes la tres bien venue,
Car vous venes bien apoinct.

        La troisieme.

A ! vous ne saues qui me poinct ?
Ma soeur, ma mye.

        La premiere.

Y peult bien estre.

        La deuxieme.

I'ey un mary le plus soufdaistre,
Le plus fol, le plus obstiné
Qui fust iamais au monde né ;
Le plus cruel, le plus despiot,
En luy n'a beau faict ne beau dict.

        La troisième.

Et i'en ay un le plus mauldict,
Vray est qu'il est de bon esprit ;
Et sy ie mens, Dieu me confonde,
C'est le pire de tout le monde,
Le plus fier qui soyt sur terre.

La premiere.

Et i'en ay un, par sainct Pierre,
A qui y ne souuyent de rien ;
Y ne mect son coeur qu'à son bien ;
C'eſt un balourt tout butelutre.

La deuxieme.

Par sainct Iehan, le myen c'eſt un ruſtre
Qui entretient une commere ;
Encor c'elle eſtoyt freſche ou clere,
Et qu'el luy fiſt bon ordinaire,
I'eroys un peu de pacience.

La troisieme.

Le myen eſt plain d'impacience,
Je dy vray, sur ma confience,
Un obſtiné, un mal aultru,
C'eſt l'homme le plus teſtu ;
Y ne vault pas un tout seul lyard.

La premiere.

Et le myen n'eſt que trop gaillard,
Euſt il le col en une hard ;
Et trop franc a baiſſer ou ioindre.

La deuxieme.

Vous aues tort de vous en plaindre.

La troisieme.

Non ay.

La premiere.

Sy, aues.

La deuxieme.

A ! ma commere,

C'eft un homme qui trop s'ingere,

A faire plaifir aulx femmes ;

Volontiers faict plaifir aulx dames,

Toufiours eft empres ou defus.

La troisieme.

Et vous en plaignes vous, Ieffus ?

La deuxieme.

Ouy, ma commere.

La premiere.

Vous aues tort.,

Le myen eft un grand villain tort,

Le plus salle & le plus ort,

Lache amanche, un vieil cabas,

Tant qui fauldroict bien un viudas,

Durant la nuyct, a le leuer ;

Toufiours ne ceffe de rouer,

De crefteler & ragacer.

La deuxieme.

Y vous le fault donc trocher.

La troisieme.

Sy ie danfe en une fefte,

Qui eft une choſſe honneſte,
Il en aura mal a la teſte,
Et puys me vient baſtre ou tencer.
La premiere.
Y vous le fault donques trocher.
La deuxieme.
Et nous qui sommes sy mygnardes,
Nous fault il pas eſtre bragardes,
Pour nos maris bien contenter.
La troisieme.
Y nous les fault donc trocher.
La premiere.
Sy ie voys a bonnes nouuelles,
Y me plaindra deux chandelles,
Cela ne couſte pas trop cher,
Y ne fera que rechiner.
La deuxieme.
Y nous les fault tous troys trocher.
La troisieme.
Sy ie voys a Bansecours,
Il envoye apres moy le cours
Un garcon, une chambriere,
Et semble que i'aille en derierre,
En quelque lieu me reſiouyr,
Ou ie n'en ay nul souuenir ;

Cela m'eſt bien fort a paſſer.

La premiere.

Y nous les fault tous troys trocher.

La deuxieme.

Helas ! sy ie suys a mal aiſe,
Le myen s'en riſt & eſt bien aiſe,
Et ne tient nul conte de moy ;
Ie vous iure & promais ma foy,
Y vouldroict que ie fuſſe morte,
Pour auoir une huguenote,
Soyt elle laide, belle & orde,
Ma vye me fera abreger.

La troisieme.

Y nous les fault tous troys trocher.

La premiere.

Et quant ie suys aupres du myen,
Il ne parle, il ne dict rien ;
Ie suys la ou ie soupire,
Et ne me veult pas un mot dire.
Suys io pas en grand martire ?
Moy ie ne demande que soullas,
En l'acollant de mes deulx bras ;
Mais il ne faict que rioter.

La deuxieme.

Y nous les fault tous troys trocher.

La troisieme.

Par quel moyen ?

La premiere.

I'ey entendu
Qu'un trocheur sage et entendu
Eſt ariue en ses quartiers,
Qui nous trochera voulontiers
Nos troys maris trop nonchalans
A troys aultres gentis, gallans,
Gorgias y eſperlucas.

Le Trocheur.

Ma dame,
Ie croys que i'ey bien voſtre cas,
Car i'en ay de toutes sortes ;
Dictes moy que ie vous en sortes,
Sy vous plaiſt, a voſtre apetit.

La deuxieme.

Mon amy Trocheur,
Ie vouſiſe un mary petit,
Qui fut gentil, honneſte & ſage,
Qui gardit bien son mariage,
Qui n'ayt Thomyne ne Lucette
A maintenyr, & qui m'achette
Choſſe de bonnes liqueur,
Pour mectre aupres de mon coeur,

Soyt de releuée ou de matin,
Et aufy auoir de bon vin,
Pain, cher vergus & vin aigre.

La troisieme.

Et i'en veulx un qui soyt alaigre,
Liberal, pront, franc du collier,
Et qui ne se faffe poinct prier,
Quant se viendra a la besongne,
Et que sans dire mot y m'enpongne
Entre deulx dras, sans faire noyfe.

La premiere.

Et moy qui suys bonne galloyfe,
Refaicte comme une bourgeoife,
Ie ne demande aultre choffe,
Synon un mary dire noffe,
Qui sovt de volonte francoyffe.

Le Trocheur.

Or bien, madame, sans faire noyffe,
Ie vous entens pour abreger :
Vous demandes un cul leger,
Un verd galland bien atache,
Et qui ne soyt lache amanche,
Quant la derree sy le vault.

La deuxieme.

Aves vous ce qu'il me fault ?

Trocheur.

Le Trocheur.

Ouy, madame.

La troisieme.

Sa, sa, montres

Le Trocheur.

Ven la un frisque.

La premiere.

C'eſt un peſtilleur de morisque,
Un iolyet, un beau pigne.
Et qui deable l'a egretine ?
Il a le nes mange de mites.

Le Trocheur.

Sa votre grace, mes deulx hermytes
Le trouuerent en un tesnyer,
Au coupeau d'un petit grenyer,
Qui l'abillerent en se poinct.

La deuxieme.

Par ma foy, y ne me duict poinct.
Oſtes, ce n'eſt c'un loquebault.

Le Trocheur.

Eſcouſte, dame, y n'eſt poinct ribault ;
Et sy eſt iuſte, a son pourpoinct.

La troisieme.

Ma foy, y ne me duict poinct.

Le Trocheur.

Ves en sy un sobre de bouche
Et n'eſt ne fier, ne farouche,
Qui baillera souldain la touche
D'alemant au gentil manioinct.

La premiere.

Par ma foy, il ne me duict poinct.

Le Trocheur.

Ves en sy un honneſte & gaillard,
Y n'eſt ne putier, ne paillard,
Et sy eſt iuſte a son pourpoinct.

La deuxieme.

Ma foy, il ne me duict poinct;
Et il a le cul tout rompu.

Le Trocheur.

Ves en sy un tout iolletru,
Et qui eſt ferme contre l'eſcu,
Et sy il ne faillyra poinct.

La troisieme.

Ma foy, il ne me duict poinct.

Le Trocheur.

Tenes, voycy un homme de guerre,
Lequel ne tient poinct serre;
Le cul luy pique, & ſy luy poinct.

La deuxieme.

Par ma foy, ie n'en veulx poinct.

Le Trocheur.

En voules vous un vertueulx?
Il en fera autant que deulx,
Et sy fera a voftre apoinct.

La troisieme.

Par ma foy, ie n'en veulx poinct.

Le Trocheur.

Voules vous un mufifien,
Tant soyt il vieil ou antien?
Ou quelque donneur d'ambades?
Ou quelque forgeur de salades?
Un serurier, un bonnetier?
Un drapier ou un eftaymier?
Un boulanger, un chaufetier?
Un mafon ou un charpentier?
Prenes en un a voftre apoinct.

La premiere.

De tout cela ie n'en veulx poinct,
Car ie n'en veulx poinct de meftier.

Le Trocheur.

Ie ne vous seroys rien trocher,
Ie n'ay donc rien qui vous soyt propre;
Quelque marys que ie vous offre,

Rien ne vous duict. Pour abreger,
Ales les autre lien changer,
On ne peult trocher mariage.

La premiere.

Il eſt certain, nous sommes d'age
Que nous ne debuons poinct changer;
Il eſt certain, pour abreger.

La deuxieme.

On ne doibt croire un eſtranger,
Y n'amende poinct de changer.

La troisieme.

Chafcun se deuſt de nous railler,
Y n'amende poinct de changer.
En prenant conge de se lieu,
Une chanfon pour dire adieu.

FINIS.

21 Janvier 88